Hexenmärchen

aufgespürt und zusammengestellt von
Melissa Bónya

Kleine Kostbarkeiten

Smaragd Verlag

http://www.smaragd-verlag.de
Deutsche Erstausgabe Februar 2001
Cover: XPresentation, Boppard
nach dem Bild eines unbekannten Künstlers
Satz: DTP-Service-Studio, Rheinbrohl
Printed in Czech Republic
ISBN 3-934254-26-8

Inhaltsverzeichnis

Hexeneinmaleins
(Volksgut)

Du mußt verstehn!
Aus Eins mach Zehn,
aus Zwei laß gehen,
und Drei mach gleich,
so bist du reich!
Verlier die Vier!
Aus Fünf und Sechs,
so sagt die Hex',
mach Sieben und Acht,
so ist's vollbracht!
Und Neun und Eins
und Zehn ist keins!
Das ist das Hexen-Einmaleins!

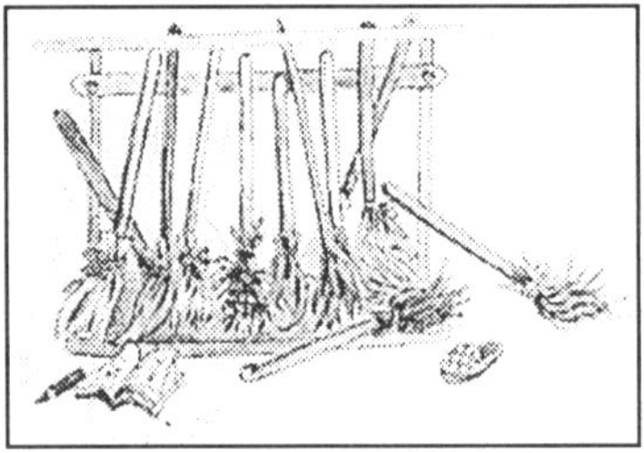

Lafcadio Hearn (1850 – 1904):

Yunki Onna

(Japanisches Märchen)

In einem Dorf der Provinz Musashi lebten zwei Holzfäller: Mosaku und Minokichi. Zur Zeit, von der ich spreche, war Mosaku schon ein alter Mann, und Minokichi, sein Gehilfe, ein achtzehnjähriger Jüngling. Jeden Tag gingen sie zusammen in den Wald, der ungefähr fünf Meilen vom Dorfe entfernt war. Auf dem Wege zum Walde muß man einen großen Fluß überqueren, an dem eine Fähre liegt. Oft und oft hatte man an dieser Stelle eine Brücke erbaut, aber jedesmal riß die Flut sie wieder fort. Keine gewöhnliche Brücke kann der Strömung widerstehen, wenn der Fluß anschwillt.

An einem sehr kalten Abend wurden Mosaku und Minokichi auf ihrem Heimweg von einem heftigen Schneesturm überrascht. Sie konnten noch die Fähre erreichen, fanden aber, daß der Bootsmann fortgegangen war und das Boot auf der anderen Seite des Flusses gelassen hatte. Es war kein Tag zum Schwimmen; die beiden suchten also in der Hütte des Fährmanns Schutz und priesen sich glücklich, überhaupt ein Obdach gefunden zu haben.

In der Hütte gab es kein Kohlenbecken noch sonst irgendeine Stätte, wo sie hätten ein Feuer anmachen können. Es war nur eine fensterlose Zwei-Matten-Hütte mit einer einzigen Türe, und Mosaku und Minokichi verschlossen sie, legten sich zur Ruhe und deckten sich mit ihren Strohregenmänteln zu. Anfänglich empfanden sie die Kälte nicht sehr und hofften, daß das Unwetter bald vorübergehen würde.

Der alte Mann schlief sogleich ein, aber der Knabe Minokichi lag lange wach und lauschte dem schauerlichen Wind und dem unablässigen Klatschen des Schnees gegen die Türe. Der Sturm toste, und die Hütte schwankte und krachte wie eine Dschunke auf hoher See. Es war ein furchtbarer Orkan, und die Luft schien von Minute zu Minute eisiger zu werden. Minokichi zitterte unter seinem Regenmantel, schlief aber trotz der Kälte endlich doch ein. Plötzlich erweckte ihn ein Schneeschauer auf seinem Gesicht. Die Türe der Hütte schien gewaltsam aufgestoßen worden zu sein, und bei dem fahlen Schneeschein sah er eine

Frau in der Hütte - eine Frau ganz in Weiß. Sie beugte sich über Mosaku und hauchte ihn mit ihrem Atem an; und ihr Atem war wie leuchtender weißer Rauch. Fast im selben Augenblick kehrte sie sich zu Minokichi und beugte sich auch über ihn. Er versuchte zu schreien, konnte aber keinen Laut hervorbringen. Die weiße Frau beugte sich tiefer und tiefer über ihn, bis ihr Gesicht ihn fast berührte. Und er sah, daß sie sehr schön war, obgleich ihre Augen ihm Angst machten. Einige Sekunden hielt sie ihre Blicke starr auf ihn gerichtet. Dann lächelte sie und flüsterte: »Ich wollte auch mit dir so verfahren wie mit dem anderen, aber ich kann mich des Mitleids mit dir nicht erwehren, weil du so jung bist... Du bist ein schöner Knabe, Minokichi, und ich will dir jetzt nichts zuleide tun, aber verrätst du jemals irgendwem, und wär's auch deiner eigenen Mutter, was du in dieser Nacht gesehen, werde ich es erfahren und dich töten. Denke daran.«

Mit diesen Worten wandte sie sich von ihm und verschwand durch die Türe. Da erst konnte er sich wieder bewegen; er sprang auf und spähte hinaus. Aber die Frau war nirgends zu sehen. Und der Schnee wirbelte in die Hütte.

Minokichi schloß schnell die Türe und verrammelte sie mit Holzbohlen. Er fragte sich, ob der Sturm sie nicht vielleicht doch aufgerissen haben könnte. Vielleicht war alles nur ein Traum gewesen, und er hatte den Glanz des Schneelichts für die Gestalt einer weißen Frau gehalten. In diesem Zweifel rief er Mosaku und erschrak, weil der alte Mann stumm blieb. Er tappte in der Dunkelheit nach Mosakus Gesicht. Es war eisig – Mosaku war starr und tot ...

Beim Morgengrauen war der Sturm vorüber. Und als der Fährmann kurz nach Sonnenaufgang in seine Hütte zurückkehrte, fand er Minokichi bewußtlos neben dem erfrorenen Körper Mosakus. Er machte gleich Belebungsversuche an Minokichi, und dieser kam wieder zu sich, blieb aber an den Folgen der furchtbaren Kälte dieser Nacht lange Zeit krank. Der Tod des alten Mannes hatte Minokichi sehr erschreckt, aber er ließ niemandem gegenüber etwas von der Erscheinung der weißen Frau verlauten. Sobald er sich erholt hatte, nahm er seine gewohnte Beschäftigung wieder auf. Jeden Morgen ging er allein in den Wald und kam bei Nachtanbruch mit seinen Holzbündeln zurück.

Eines Abends, im Winter des folgenden Jahres, überholte er auf seinem Heimweg ein junges Mädchen, das zufällig denselben Weg hatte. Es war ein schlankes, hübsches Mädchen, und sie erwiderte Minokichis Gruß mit einer Stimme, die seinem Ohre so wohllautend klang wie die Stimme eines Singvogels. Dann ging er neben ihr her, und sie begannen zu plaudern. Das Mädchen sagte, daß sie O-Yuki heiße, kürzlich ihre Eltern verloren habe und jetzt nach Yedo zu armen Verwandten ginge, die ihr helfen würden, eine Stelle als Dienstmädchen zu finden. Minokichi war von dem seltsamen Mädchen ganz bezaubert, und je öfter er sie ansah, desto schöner schien sie ihm. Er fragte sie, ob sie schon verlobt sei, und sie antwortete lachend, sie sei noch frei. Dann fragte sie Minokichi, ob er schon vermählt oder verlobt sei, und er antwortete, daß, obgleich er nur für eine verwitwete Mutter zu sorgen habe, man die Frage einer ehrenwerten Schwiegertochter wegen seiner Jugend noch gar nicht erwogen habe.

Nach diesen vertraulichen Mitteilungen gingen sie eine Zeitlang stumm nebeneinander her. Aber wie das Sprichwort sagt: »Wenn der Wunsch da ist, können die Augen soviel sagen wie der Mund.« Als sie das Dorf erreichten, waren sie schon sehr gute Freunde geworden. Und Minokichi bat O-Yuki, sich ein Weilchen in seinem Haus auszuruhen. Nach einem scheuen Zögern trat sie mit ihm ein, und die Mutter hieß sie willkommen und bereitete ein warmes Mahl für sie. O-Yuki betrug sich mit so gewinnender Anmut, daß Minokichis Mutter eine plötzliche Vorliebe für sie faßte und sie überredete, ihre Reise nach Yedo aufzuschieben. Und das natürliche Ende der Sache war, daß O-Yuki nie nach Yedo ging. Sie blieb im Haus als "ehrenwerte Schwiegertochter".

O-Yuki erwies sich als eine sehr gute Schwiegertochter, und als Minokichis Mutter fünf Jahre später starb, waren ihre letzten Worte nur Liebe und Anerkennung für die Gattin des Sohnes. Und O-Yuki gebar Minokichi zehn Kinder, Knaben und Mädchen, alle schön und wohlgestaltet und von sehr heller Gesichtsfarbe.

Die Landleute hielten O-Yuki für ein wundersames Wesen, das seiner Natur nach ganz verschieden von ihnen war. Die meisten Bäuerinnen alterten sichtlich schnell, aber O-Yuki sah selbst, nachdem sie zehn Kindern das Leben geschenkt hatte, gerade so jung und frisch aus wie an dem ersten Tage, an dem sie in das Dorf gekommen war.

Eines Abends, nachdem die Kinder schlafen gegangen waren, saß O-Yuki beim Schein einer Papierlaterne und nähte. Und Minokichi, der sie betrachtete, sagte: »Wie du so nähend dasitzt und das Licht auf dein Gesicht fällt, wird die Erinnerung an ein seltsames Erlebnis in mir erweckt, das ich als achtzehnjähriger Knabe hatte. Damals habe ich ein Wesen gesehen, gerade so schön und weiß wie du - ja, sie glich dir wirklich aufs Haar.«

Ohne die Augen von ihrer Arbeit zu erheben, sagte O-Yuki: »Erzähle mir doch von ihr - wo hast du sie gesehen?«

Da erzählte Minokichi von der furchtbaren Winternacht in der Hütte des Fährmannes und von der weißen Frau, die sich lächelnd und flüsternd über ihn gebeugt hatte, und von dem stummen Tod des alten Mosaku, und er sagte: »Schlafend oder wachend, es war das einzige Mal, daß ich ein so schönes Wesen sah wie dich. Natürlich war sie kein menschliches Geschöpf, ich hatte Angst vor ihr, große Angst, aber sie war so weiß ... Und wirklich, ich bin mir nie klar geworden, ob es ein Traumbild gewesen oder die Schneefrau...«

Da warf O-Yuki ihre Näharbeit auf den Boden, sprang auf, näherte sich Minokichi und schrie ihm ins, Gesicht: »Das war ich – ich - ich! Es war Yuki. Yuki war es! Und ich sagte dir damals, daß ich dich töten würde, wenn du jemals ein Wort darüber verlauten ließest. Wäre es nicht um der schlummernden Kinder willen, ich würde dich in diesem Augenblick vernichten. Und nun mußt du sehr für sie Sorge tragen, denn haben sie jemals Grund, über dich zu klagen, soll dir geschehen, was du verdienst! ..... «

Indem sie dies sagte, wurde ihre Stimme dünn wie Windessäuseln, und sie löste sich in einen glänzenden weißen Nebel auf, der sich zu den Dachbalken erhob, durch den Windfang hinausflatterte und zerstob. - Und sie ward nie mehr gesehen.

Carl Trog (1838 – Todesjahr unbekannt)

Das Rockenweiblein

Wenn die Not am größten ist, ist die Hilfe am nächsten.

Östlich vom Schlosse Eberstein im Murgtale erblickt man einen prächtigen Bergwald, der seit alter Zeit der "Rockert", auch "Rockertfelsen" oder "Rockertwald" heißt.

In einer unterirdischen Kammer des Rockertfelsen wohnt ein Bergweiblein und geistert im Walde. Sie trägt ein schwarzes Kleid und einen großen, aufgebauschten Federhut, hat ein gelbes, runzeliges Angesicht und geht gebückt an einem Stabe einher. Je nachdem wie ihr die Menschen begegnen, ist sie freundlich und dienstfertig, zornig und rachsüchtig.

Als sie noch Gräfin von Eberstein war und auf dem Schlosse schaltete und waltete, hatte sie in einem Rechtsstreit vor Gericht geschworen: »Der Rockertwald gehört seit undenklichen Zeiten dem Grafen von Eberstein. Das schwöre ich, so wahr der Schöpfer über mir ist.« Der Wald war aber in Wirklichkeit niemals Eigentum der Ebersteiner

Grafen, und die Gräfin hatte falsch geschworen. Sie meinte bei sich selbst, das mache nichts, weil sie beim Schwören in ihrem bauschigen Federhut einen Löffel, den sie mit dem Schöpfer meinte, verborgen trug. Bei dem allwissenden Gott helfen aber solche Mittelchen nichts, er strafte ihren Frevel damit, daß sie im Rockertwald geistern muß.

Wer ihr begegnet und ruhig seines Weges geht, sie nicht anredet oder gar verspottet, der hat nichts zu fürchten; wer aber Mutwillen mit ihr treibt, der muß büßen, sie führt ihn im Walde irre oder stürzt ihn in einen Sumpf oder Graben. War sie gut gelaunt, so kam sie oftmals in die Dörfer zu dem Jungvolk in die Spinnstuben und erzählte Märchen und Sagen. Die Spulen füllten sich dann wundersam schnell, und der Faden wurde dann so fein und ebenmäßig, wie zu keiner andern Zeit.

Damals lebte auf Eberstein ein Liebespärchen, die Dienstmagd Klara nämlich und ihr Friedolin, der Schloßgärtner. Beide liebten sich treu und innig und hätten über die Maßen gern Hochzeit gemacht, wenn der Vogt, ein höhnischer, menschenfeindlicher Mann, seine Einwilligung dazu gegeben hätte, welche durchaus nötig, weil Klara eine Leibeigene war.

Einst begegnete Klara dem Vogt auf dem Kirchhofe und bat unter Tränen um seine Einwilligung zu ihrer Trauung. Da zeigte der böse Mnn auf ein Grab, das ganz mit Nesseln überwachsen war, und sprach: »Wem gehört dies Grab?«

- »Ach Herr«, antwortete Klara, »es ist das Grab meines Vaters". »Nun«, erwiderte der Falsche, »so spinne aus den Nesseln Garn und bereite daraus ein Stück Leinwand und fertige zwei Hemden davon - und zwar für dich das Brauthemd und für mich das Totenhemd. Sobald du damit fertig bist, sollst du mit Friedolin Hochzeit machen.« Hohnlächelnd ging der Spötter davon und ließ Klara, welche das Unmögliche dieser Aufgabe wohl einsah, mit ihrem Schmerze und ihren Tränen allein. Sie sank am Grabe des Vaters auf die Knie, betete, weinte und jammerte, daß es zum Erbarmen war; nur den Vogt, der ihr aus einem Versteck zusah, rührte ihr Schmerz nicht.

Doch ungeahnt kam dem verzagenden Mädchen Hilfe, und zwar vom Bergweiblein, das plötzlich neben Klara stand und teilnehmend nach dem Grunde ihrer Tränen fragte. Klara erzählte, was der Vogt von ihr verlangt hatte. Da wurde das runzlige Gesicht der Alten finster wie die Nacht, *sie sann ein wenig nach und sagte dann: »Sei ruhig, meine Tochter, ich will dir helfen!« Schnell raufte sie nun alle Nesseln vom Grabe und trug sie durch die Luft in den Wald. Einige Stunden später kam auch der Vogt in den Wald und an dem Rockertfelsen vorüber und sah das Bergweiblein unter einem Felsen sitzen und fleißig spinnen. Verwundert blieb er stehen und fragte spöttisch: »Was treibst du da, Alte, du spinnst dir wohl dein Brauthemd?«*

»Ja, mein Herr Vogt«, sprach das Weiblein, »ein Brauthemd, aber auch ein Totenhemd.«

»Woher hast du denn den schönen Flachs? Den hast du sicher gestohlen!« fuhr der Vogt boshaft fort.

»Nein«, entgegnete ihm das Mütterlein, »gestohlen ist er nicht, es sind die Fasern von den Nesseln, die drüben auf dem Grabe von Klaras Vater gewachsen sind. Ihr erinnert Euch wohl noch des alten Gottfried, den Ihr zu Tode gequält habt.«

Der Vogt hatte genug, die Hohnreden erstarben ihm auf den Lippen, es wurde ihm angst und bang. Schnell eilte er nach Eberstein zurück und überlegte, ob es für ihn nicht besser sei, Klara sofort die Erlaubnis zur Trauung zu ertei-

len. Sein Trotz ließ dies aber nicht zu, er zögerte, und der volle Becher, bei dem er sich vergnügte, ließ ihn das Bergweiblein und Klara bald vergessen.

Da trat gegen Abend die Leibeigene vor ihn, überreichte ihm zwei fertige Hemden und sprach: »Herr Vogt, hier sind die Hemden, die Ihr aus den Nesseln auf meines Vaters Grabe verlangt habt, nun haltet auch Euer Wort und laßt mich heiraten.«

»Ja, ich will Wort halten«, sprach der Vogt schmeichelnd, »morgen soll deine Hochzeit sein, und ich selbst will dich in die Kirche begleiten.« Er sprach aber nur deshalb so freundlich, weil ihm gar bange geworden war und er seine Bosheit und seinen Frevel gern wiedergutmachen wollte. In der Nacht wurde er aber todkrank und starb, und als am andern Tage Klara in ihrem neuen Brauthemd den Segen des Priesters empfing, lag der Vogt in seinem neuen Totenhemde auf der Bahre, und die Glocken riefen zu seinem Begräbnis.

Seitdem war das Rockenweiblein gefürchtet, und jeder, der ihm begegnete, grüßte es artig und suchte seine Freundschaft.

Wilhelm Busch (1832 – 1908)

Die bestrafte Hexe

Es ist einmal eine recht alte Hexe gewesen, die hatte zwei Töchter, eine rechte Tochter und eine Stieftochter, und die Stieftochter war schön und gut, die rechte Tochter aber boshaft und häßlich: Da kam ein junger Jäger, nahm die Stieftochter zur Frau, weil sie ihm gut gefiel, und zog mit ihr in sein Haus, das im Walde lag. Die alte Hexe stellte sich dazu ganz freundlich; in ihrem Herzen wußte sie sich aber vor Ärger und Bosheit nicht zu lassen, darum, daß der Jäger ihre eigene Tochter nicht genommen hatte, sondern die Stieftochter, die sie gar nicht leiden konnte.

Über die Zeit bekam die Jägersfrau einen kleinen Jungen und mußte zu Bett liegen. Da wurde die Stiefmutter geholt, daß sie das Kind wüsche und anzöge, auch die Suppe kochte und sonst zur Hand wäre, wenn die kranke Frau ihrer bedürfen sollte. Der Jäger aber hatte zur Erheiterung und Kurzweil seiner Frau allerlei Vögel in die Stube gebracht, die sangen, und ein Spiel hatte er gemacht und allerlei Glocken, die klangen.

Dicht an dem Hause lag ein großer Teich, auf dem viele Enten schwammen. Nun stand eines Tages die Stiefmutter am offenen Fenster und sah auf den Teich hinaus, und weil des Jägers Frau schon wieder auf Besserung war und zuweilen aufstehen konnte, rief ihr die Hexe zu:

»Steh doch auf, mein Kind, und sieh einmal die vielen Enten, die da auf dem Teiche schwimmen.« Ohne an Arges zu denken, stand die Frau auf und lehnte sich aus dem Fenster, und dabei gab ihr das boshafte Weib einen heftigen Stoß, daß sie hinab in den Teich stürzte, und verwünschte sie in eine Ente; da schwamm sie nun mit den anderen Enten auf dem Teiche herum. Ihr Kind aber fing an zu weinen, und ihren Mann befiel zu derselben Stunde eine große Traurigkeit und wußte doch nicht warum; die Vögel sangen nicht, die Glocken klangen nicht. Da nahm die Hexe ihre eigene Tochter, legte sie in der Frau Bett und band ihr ein Tuch um den Kopf, als ob sie krank wäre, so daß sie der Mann nicht erkennen konnte, als er kam, sie zu sehen.

Als es nun Abend ward und die Magd allein in der Küche war, kam auf dem Teich eine Ente angeschwommen, die schnatterte vor dem Gossenstein, wie Enten tun:

,»Niep, niep! Natt, natt!«, und dann fing sie ordentlich an zu sprechen:

Weint mein liebes Kind auch noch?
Weint mein lieber Mann auch noch?
Singen meine Vögel auch noch?
Klingen meine Glocken auch noch?

Da antwortete die Magd:

Eure Glocken klingen nicht,
Eure Vöglein singen nicht,
Euer Mann und Kind, die weinen.

Darauf ist die Ente wieder weggeschwommen. - Den zweiten Abend kam sie wieder, steckte den Kopf durch das Gossenloch und schnatterte ganz betrübt: »Niep, niep! Natt, natt!«, dann fing sie an zu sprechen:

Weint mein liebes Kind auch noch?
Weint mein lieber Mann auch noch?

Singen meine Vögel auch noch?
Klingen meine Glocken auch noch?

Und die Magd antwortete:

Eure Glocken klingen nicht,
Eure Vöglein singen nicht,
Euer Mann und Kind, die weinen.

Darauf sprach die Ente: »Nun komme ich noch ein einziges Mal; dann fasse mich und haue mir den Kopf ab, so bin ich erlöst«, und schwamm fort. Das alles erzählte die Magd ihrem Herrn, der sagte: »Wenn die arme Ente so erlöst werden kann, so mußt du es tun.« Als die Ente den dritten Abend wieder den Kopf durch das Gossenloch steckte, faßte die Magd ein Beil und hieb ihn ab; in demselben Augenblicke, da das Blut floß, wich der Zauber; die Frau war erlöst und ging zu ihrem Manne; der freute sich, daß er seine liebe Frau wieder hatte, denn sie erzählte ihm, wie das alles gekommen und welcher großen Gefahr sie entgangen war.

Der Jäger, der nun wußte, was die Stiefmutter für ein böses Weib war, ließ sich nichts merken, sondern sann, wie er sich am besten an ihr rächen könnte. Auf den anderen Abend lud er eine große Gesellschaft; doch mußte seine Frau noch zurückbleiben. Wie sie nun alle zu Tische saßen, stand der Jäger auf und fragte, was sie wohl meinten, das der Mutter geschehen müßte, die ihre Tochter in ein unvernünftiges Tier verwünscht hätte. Da sprang die Stiefmutter auf von ihrem Stuhle und war ganz verblendet und schrieb: »Die verdient, daß sie in ein durchgenageltes Faß gesteckt und darin so lange gewälzt wird, bis sie tot ist.«

»Du hast dir selbst ein Urteil gesprochen, du Hexe!« rief der Jäger und ließ seine Frau herein in die Stube treten. Als die Hexe sah, daß sie verraten war, ward sie kreideweiß vor Schreck und stürzte der Länge nach auf den Boden hin. Da wurde sie in ein Faß gesteckt, welches mit eisernen Nägeln durchschlagen war; das wurde auf den höchsten Berg gebracht und da hinabgerollt. So hat die Hexe ihren verdienten Lohn erhalten.

Hermann Löns (1866 – 1914)

Die Hexen in der Mühle zu Wolthausen

In der alten Wassermühle zu Wolthausen an der Örize war vor vielen Jahren das Unglück eingezogen. Kein Müllergeselle blieb länger als eine Nacht da; denn wenn die Uhr zwölf ausgeschlagen hatte, kamen drei barbarisch große Katzen angeschlichen, jagten den Gesellen aus dem Schlaf mit Quarren und Prusten, hatten allerlei sonderbare Anliegen an ihn und richteten ihn übel zu, wenn er nicht darauf einging.

Der Müller wußte nicht aus noch ein und hätte die Mühle am liebsten verkauft, wenn er nur einen Käufer gehabt hätte.

Da kam eines Tages ein reisender Rollfritze zur Mühle, grüßte die Kunst nach alter Art und fragte um Arbeit an. Den Müller dauerte das glatte Gesicht des frischen Jungkerls, und er erzählte ihm, welche Bewandnis es mit der Mühle habe. Der Geselle aber lachte und sprach:

»Wenn's weiter nichts ist! Ich bin schon mit so manchem Hund fertig geworden, da werde ich mich auch nicht vor ein paar alten Katzen graulen.« Er bat sich einen großen Kessel Roggenmehl, drei Liter Milch und einen hölzernen Löffel aus und blieb, als die Tagesschicht zu Ende war, allein.

Er machte sich ein ordentliches Feuer auf dem Herd, stellte den Kessel darauf, goß die Milch hinein, und als es kochte, schüttete er so lange Mehl dazu, bis es einen schönen Brei gab. Auch ein Stück Butter tat er daran, daß es lieblich roch, und eine Prise Baldrian. Dann setzte er sich zu dem Feuer, rauchte seine Pfeife und rührte mit dem Holzlöffel den Brei, damit er nicht anbrenne.

Als es Mitternacht war, kamen zwei großmächtige Katzen in die Mühle, eine gelbgriese und eine schwarzbunte; die hielten die Schwänze hoch, murrten und mauten, machten krumme Buckel und stellten sich schnurrend vor das Feuer. Der Knecht tat aber, als sähe er sie nicht, rauchte ihnen in die grünen Augen hinein und rührte seinen Brei weiter.

Nach einer Weile fragte die gelbgriese Katze ihn: »Was macht Er denn da?« Der Knecht erschrak sich kein bißchen, als die Katze mit menschlicher Stimme sprach, und antwortete grob: »Dumme Trine, hast ja große Augen; sieh selbst zu!« Da fragte die schwarzbunte: »Woher weiß Er denn, daß sie Trine heißt?« Der Knecht schmunzelte und erwiderte: »Ja, Wehrmanns Lotte, so fragt man die Dummen aus!« Da prustete die Katze fürchterlich und sprach: »Na wart Er nur, bis unsere Base kommt!« Der Knecht aber lachte im Halse und sagte: »Ich wart' ja auch bloß auf Margret!«

Da kam auch schon die dritte Katze; die war noch größer als die andern, ganz schwarz und hatte Augen wie Elbenfeuer. Alle drei fingen nun schrecklich an zu quarren, reckten sich und streckten sich, daß ihnen die blauen Funken vom Balge flogen, und rückten mit Schnurren und Prusten dem Gesellen immer näher auf den Leib. Der aber tat, als ginge ihn das nichts mehr an als den Nachtwächter in Burg die Celler Turmuhr; er rührte seinen Brei und ging immer um den Kessel herum, daß er Trine, Lotte und Margret vor sich behielt.

Auf einmal tauchte er den Holzlöffel ganz tief in den kochenden Brei, zog ihn hurtig heraus und strich damit den drei Unholden durch die Gesichter. Die kreischten jämmerlich auf und fuhren zum Türloch hinaus; der Knecht aber goß das Feuer aus, schloß die Tür und schlief.

Als es Tag wurde, kam der Müller. Er wunderte sich sehr, daß sein Geselle ein helles Gesicht hatte. Als er mittags ins Dorf ging, fiel es ihm auf, daß eine Frau aus dem Dorfe ein verbundenes Gesicht hatte. Er fragte sie, was ihr fehle; aber sie brummte nur etwas, das er nicht verstand. Noch eine zweite Frau ging die nächsten Tage mit einem Tuch um den Kopf, und eine dritte konnte nicht zum Heumachen gehen, weil sie eine verbrannte Hand hatte.

In der Mühle war es von da ab wieder geheuer, und kein Spuk ward mehr drin vernommen.

August Kopisch (1799 – 1853)

Die Roggenmuhme

Laß stehn die Blume!
Geh nicht ins Korn!
Die Roggenmuhme
Zieht um da vorn!

Bald duckt sie nieder,
Bald guckt sie wieder:
Sie wird die Kinder fangen,
Die nach den Blumen langen!

Johann Heinrich Jung-Stilling (1740 – 1817)

Jorinde und Joringel

Es war einmal ein altes Schloß mitten in einem großen dicken Wald; darinnen wohnte eine alte Frau ganz allein, das war eine Erzzauberin. Am Tage machte sie sich bald zur Katze; oder zum Hasen oder zur Nachteule; des Abends aber wurde sie ordentlich wieder wie ein Mensch gestaltet. Sie konnte das Wild und die Vögel herbeilocken, und dann schlachtete sie's, kochte und briet es. Wenn jemand auf hundert Schritte nah ans Schloß kam, so mußte er stillstehen und konnte sich nicht von der Stelle bewegen, bis sie ihn lossprach; wenn aber eine reine keusche Jungfer in diesen Kreis kam, so verwandelte sie dieselbe in einen Vogel und sperrte sie den in einen Korb ein, in die Kammern des Schlosses. Sie hatte wohl siebentausend solcher Körbe mit so raren Vögeln im Schlosse.

Nun war einmal eine Jungfer, die hieß Jorinde; sie war schöner als alle anderen Mädchen; sie und dann ein gar schöner Jüngling namens Joringel hatten sich zusammen versprochen. Sie waren in den Brauttagen und hatten ihr größtes Vergnügen eins am anderen. Damit sie nun einmal vertraut zusammen reden könnten, gingen sie in den Wald spazieren. “Hüte dich«, sagte Joringel, »daß du nicht zu nah an das Schloß kommst!« Es war ein schöner Abend, die Sonne schien zwischen den Stämmen der Bäume hell ins dunkle Grün des Walds, und die Turteltaube sang kläglich auf den alten Maibuchen.

Jorinde weinte zuweilen, setzte sich hin in den Sonnenschein und klagte. Joringel klagte auch; sie waren so bestürzt, als wenn sie hätten sterben sollen; sie sahen sich um, hatten sich verirrt und wußten nicht, wohin sie nach Hause gehen sollten. Noch halb stand die Sonne über dem Berg und halb war sie unter. Joringel sah durchs Gebüsch und sah die alte Mauer des Schlosses nah bei sich, er erschrak und wurde todbang. Jorinde sang:

Mein Vögelein mit dern Ringelein rot,
Singt Leide Leide Leide;
Es singt dem Täubelein seinen Tod,
Singt Leide Lei - Zicküth Zicküth Zicküth.

Joringel sah nach Jorinde. Jorinde war in eine Nachtigall verwandelt, die sang Zicküth Zicküth. Eine Nachteule mit glühenden Augen flog dreimal um sie herum und schrie dreimal Schuh-hu-hu-hu. Joringel konnte sich nicht regen; er stand da wie ein Stein, konnte nicht weinen, nicht reden, nicht Hand noch Fuß regen.

Nun war die Sonne untergegangen; die Eule flog in einen Strauch, und gleich darauf kam eine alte krumme Frau aus diesem Strauch hervor, gelb und mager, große rote Augen, krumme Nase, die mit der Spitze ans Kinn reichte. Sie murmelte und fing die Nachtigall, trug sie auf der Hand fort.

Joringel konnte nichts sagen, nicht von der Stelle kommen; die Nachtigall war fort; endlich kam das Weib wieder und sagte mit dumpfer Stimme: »Grüß dich, Zachiel! Wenn's Möndel ins Körbel scheint, bind los Zachiel zu guter Stund!«

Da kam Joringel los; er fiel vor dem Weib auf die Knie und bat sie, sie möchte ihm seine Jorinde wiedergeben; aber sie sagte, er solle sie nie wiederhaben, und ging fort. Er rief, er weinte, er jammerte, aber alles umsonst. Joringel ging fort und kam endlich in ein fremdes Dorf; da hütete er die Schafe lange Zeit.

Oft ging er rund um das Schloß herum, aber nicht zu nahe heran; endlich träumte er einmal des Nachts, er fände eine blutrote Blume, in deren Mitte eine schöne große Perle war; die Blume bräche er ab, ging damit zum Schlosse; alles, was er mit der Blume berührte, ward von der Zauberei frei; auch träumte er, er hätte seine Jorinde dadurch wiederbekommen. Des Morgens, als er erwachte, fing er an, durch Berg und Tal zu suchen, ob er eine solche Blume fände; er suchte bis an den neunten Tag, da fand er die blutrote Blume am Morgen früh. In der Mitte war ein großer Tautropfen, so groß wie die schönste' Perle. Diese Blume trug er Tag und Nacht bis zum Schloß. Wie er auf hundert Schritt nahe ans Schloß kam, da wurde er nicht fest, sondern ging fort, bis ans Tor.

Joringel freute sich sehr, berührte die Pforte mit der Blume, und sie sprang auf. Er ging hinein, durch den Hof, horchte, wo er die vielen Vögel vernähme; endlich hörte er's. Er ging und fand den Saal, darin war die Zauberin und fütterte die Vögel in den siebentausend Körben. Wie sie den Joringel sah, ward sie bös, sehr bös, schalt, spie Gift und Galle gegen ihn aus, aber sie konnte auf zwei Schritte nicht an ihn herankommen.

Er kümmerte sich nicht um sie und ging, besah die Körbe mit den Vögeln; da waren aber Hunderte von Nachtigallen; wie sollte er nun seine Jorinde wiederfinden? Indem er so überlegte, merkte er, daß die Alte heimlich ein Körbchen mit einem Vogel nahm und damit zu der Türe ging. Flugs sprang er hinzu, berührte das Körbchen mit der Blume und auch das alte Weib; nun konnte sie nichts mehr zaubern; und Jorinde stand da; hatte ihn um den Hals gefaßt, so schön als sie ehemals war. Da machte er auch all die anderen Vögel wieder zu Jungfern und ging mit seiner Jorinde nach Hause, wo sie lange vergnügt zusammenlebten.

Jacob (1785 – 1863) und Wilhelm (1786 – 1859) Grimm

Frau Trude

Es war einmal ein kleines Mädchen, das war eigensinnig und vorwitzig, und wenn ihm seine Eltern etwas sagten, so gehorchte es nicht: Wie konnte es dem gut gehen?

Eines Tages sagte es zu seinen Eltern: »Ich habe so viel von der Frau Trude gehört, ich will einmal zu ihr hingehen: Die Leute sagen, es sehe so wunderlich bei ihr aus, und erzählen, es seien so seltsame Dinge in ihrem Hause, da bin ich ganz neugierig geworden.«

Die Eltern verboten es ihr streng und sagten: »Die Frau Trude ist eine böse Frau, die gottlose Dinge treibt, und wenn du zu ihr hingehst, so bist du unser Kind nicht mehr.«

Aber das Mädchen kümmerte sich nicht um das Verbot seiner Eltern und ging doch zu der Frau Trude. Und als es zu ihr kam, fragte die Frau Trude: »Warum bist du so bleich?« -»Ach«, antwortete es und zitterte am Leibe, »ich habe mich so erschrocken über das, was ich gesehen habe« »Was hast du gesehen?« - »Ich sah auf Eurer Stiege einen *schwarzen Mann.« - »Das war ein Köhler.« - »Dann sah ich einen grünen Mann.« - »Das war ein Jäger.« - "Danach sah ich einen blutroten Mann.« -*

»Das war ein Metzger.« - »Ach, Frau Trude, mir grauste, ich sah durchs Fenster und sah Euch nicht, wohl aber den Teufel mit feurigem Kopf.« - »Oho«, sagte sie, »so hast du die Hexe in ihrem rechten Schmuck gesehen: Ich habe schon lange auf dich gewartet und nach dir verlangt, du sollst mir leuchten.«

Da verwandelte sie das Mädchen in einen Holzblock und warf ihn ins Feuer. Und als er in voller Glut war, setzte sie sich daneben, wärmte sich daran und sprach: »Das leuchtet einmal hell!"

Alexander Kaufmann (1853 -)

Die Hexe von Staffelstein

Ich grüß' euch, ihr Tannen, ich grüße dich, Forst, wo zuerst
ich die Liebste gesehen!
Ich grüße dich, steigender Adlerhorst,
wo die Liebste den Schleier ließ wehen!

Ich grüße dich, blumiger Wiesengrund,
darin mein Liebchen gegangen!
Ich grüße dich, Rose, daran ihr Mund
mit zärtlichem Kusse gehangen!"

Der Bursche sang's in den Forst hinein,
er konnt es ja nimmer lassen,
daß ihn die falsche Liebste sein
um einen andern verlassen.

Der Bursche zog in die Welt hinaus
und ward ein holt'scher Jäger,
wie Sturm und Wetter ein Sausebraus,
der trefflichste Schütz und Schläger!

Doch als er wieder nach Haus gedacht,
wie dünn sind die Haare, die grauen!
Er zog in lauer Sommernacht,
durch Frankens waldige Gauen;
und als er kam in der Tannen Grün
unter süßem Dufte zu reiten,
die Seele hub an so frisch zu blüh'n,
er sang wie in schöneren Zeiten:

Ich grüß' euch, ihr Tannen, ich grüße dich, Forst, wo zuerst
ich die Liebste gesehen!
Ich grüße dich, steigender Adlerhorst,
wo die Liebste den Schleier ließ wehen!

Ich grüße dich, blumiger Wiesengrund,
darin mein Liebchen gegangen!
Ich grüße dich, Rose, daran ihr Mund
mit zärtlichem Kusse gehangen!

Doch plötzlich starrt sein mutig Roß,
so finster hat sich's umzogen,
da sieht er auf altem, verfallenem Schloß
ein seltsam Treiben und Wogen:

Da brauen Nebel, und nebelgleich
Viel graue Gestalten weben:
»Hilf Gott! Das ist des Satans Reich!«
Und Flammen zucken und schweben.

Doch unter der Weiber gespenstiger Schaar
hält Eine, Gewaltige, Hohe;
Ihr reicht man den brodelnden Kessel dar,
sie spricht in die sprudelnde Lohe:

Das sind die Nebel, die heute Nacht
ausspringende Blumen verderben!
Das kleinste Pflänzlein, das heut' erwacht,
soll vor dem Pesthauch sterben!

Das ist der Hagel, des wilder Schlag
fährt in des Kornlands Wellen!
Dies tötet die Schaf' in dem grünen Hag,
dies Kuh und Kalb in den Ställen!

Das aber, paßt auf, ist der beste Trank, -
gebt's jungem Wolfe zu trinken!
Der mutigste Bursche wird schwach und trank,
wie liebliche Augen ihm winken;

das feurigste Mäglein siecht dahin,
und lag's in des Liebsten Arme,
nun fragt noch, ob ich mit mildem Sinn
mich des jungen Wolfs erbarme?!

Da hebt der Mond sich hell und grell,
der dem Weib in die Augen brannte,
drin schaudernd der alte Mordgesell
sein einstiges Liebchen erkannte.

Paul von Heyse (1830 – 1914)

Lilith

Im dunklen Mittelalter lebte einmal eine Frau, die hatte, da der Vater ihres Kindes sie hilflos verlassen, einen so großen Haß auf alle Menschen, insonderheit die Männer, geworfen, daß sie einen Pakt mit dem Gottseibeiuns schloß, um sich von ihm in aller schwarzen Magie und Hexenkunst unterrichten zu lassen.

In dem Dorf, wo ihre arme Hütte stand, war dies bald ruchbar geworden, da vielerlei Unheil, Hagelschlag, Viehsterben und Feuersbrünste, die Gegend heimsuchte, was niemand anders als eine gelernte Hexe verursachen konnte. Und da die Marthe, die vorzeiten eine schmucke Dirne gewesen war, seit ihrem Kindbett erschreckend rasch alterte und jedermann mit feindseligen Blicken ansah, zweifelte niemand daran, daß all das Unwesen ihr in die Schuhe zu schieben sei. Gleichwohl hatte man nicht das Herz, die gefährliche Person dem geistlichen Gericht anzuzeigen, da man fürchtete, sie möchte, ehe sie auf den Holzstoß käme, die Angeber ihre Rache noch fühlen lassen. Auch gab es, zu-

mal unter den Weibern, gläubige Seelen genug, die in allerlei schwierigen Fällen, bösen Krankheiten, hoffnungsloser Verliebtheit, Kinderlosigkeit oder Verkalben der Kühe sich an das unheimliche Weib wendeten, das denn auch zu helfen bereit war, wenn nicht etwa ein besonderer Grund des Hasses sie antrieb, ein Mittel darzureichen, das das Übel nur ärger machte.

Ihr Kind, ein Mädchen, das nach Adams erster Frau, einer bösen Teufelin, Lilith, genannt war, wuchs ebensosehr zur Freude aller Menschen heran, wie ihre Mutter den Nachbarn verhaßt und beschwerlich war. Auch sie wurde freilich von ihren Altersgenossen gemieden; der Lehrer wollte sie in der Schule nicht dulden; wenn sie sich den Spielplätzen der Dorfkinder zu nähern wagte, trieben diese das unschuldige Ding mit Schimpfworten und Steinwürfen hinweg als einen Hexenbalg, mit dem sich einzulassen Unglück brächte.

Die Erwachsenen aber, obwohl es nur grobe Bauern waren, spürten, daß dies holde Wesen etwas Vornehmeres sei als sie; die Weiber bemitleideten sie, daß sie eine solche Mutter habe; die Männer, zumal die jungen, gafften ihr *nach, wenn sie vorüberging, oder suchten mit ihr ein Gespräch anzuspinnen, wenn sie sie vor ihrer Hütte sitzend antrafen, ein zerrissenes Gewand flickend oder den Rocken schwingend, wobei sie schwermütige Liedchen sang. Ihre schwarzen Augen und roten Lippen aber lachten zu den närrischen Reden, mit denen die Burschen ihr schönzutun sich bemühten. Denn diese Holdseligkeiten gingen ihr ebensowenig zu Herzen wie die Unbilden, die sie von der Dorfjugend erfuhr. Sie kümmerte sich um niemand in der Welt als um ihre finsterblickende, hartherzige Mutter, die ihr wenig gute Worte und gute Bissen gab und sie mit zum Werkzeug ihrer Menschenfeindlichkeit erzog.*

Als es immer häufiger geschah, daß einer der Bauernsöhne in rasender Verzweiflung, da er keine Gegenliebe fand, sich ein Leids antat oder aus der Gegend verschwand, loderte eine wilde Schadenfreude in dem alten Hexengesicht auf, und sie lobte ihre schöne Tochter und das Unheil, das sie anstiftete.

Die aber hatte die frevelhafte Sinnesart der Mutter nicht geerbt, sondern nahm es sich sehr zu Herzen, daß ihre Schönheit Verderben brachte. Sie bemühte sich auch in ihrer

Einfalt, die Gefahr abzuwenden, indem sie sich in ihrem Anzug verwahrloste und ihr goldrotes Haar wild ums Haupt fliegen ließ. Durch ihre Lumpen aber schimmerte die schneeweiße Haut ihres jungen Leibes verführerisch durch, und wenn ihr die dicken Strähnen über Stirn und Augen fielen, funkelten die schwarzen Sterne nur um so süßer und feuriger, so daß niemand sie sehen konnte, ohne im Herzen eine Brandwunde davonzutragen.

Sie aber fragte nach keinem, wußte auch von Gott und der Welt noch nichts, als sie bereits siebzehn Jahr alt geworden war und längst die Kinderschuhe vertreten hatte. Denn da sie weder in die Schule noch auch je zur Kirche gegangen war und nie eine Gespielin gehabt hatte, auch die Mutter nicht viele Worte liebte, war sie ganz auf ihre eigenen träumerischen und unbeholfenen Gedanken angewiesen.

Sie hatte freilich einen Freund, mit dem sie sich manchmal unterredete, den Hahn auf ihrem Hofe, Alektryo genannt, einen für seinen Stand sehr weltklugen und scharfsinnigen Herrn, dem auch die Gabe der Rede verliehen war. Doch in menschlichen Angelegenheiten war er nur unvollkommen bewandert und hatte auch genug damit zu tun, zwischen seinen Hennen Frieden zu stiften und das Eiergeschäft zu überwachen, so daß zum Plaudern mit der Hexentochter nicht viel Zeit übrig blieb.

Nun war es in einer schwülen Neumondnacht im Hochsommer, daß die Mutter zu ihrer Tochter sprach: Du bist jetzt in die Jahre gekommen, wo das Blut in Weiberadern gärt, wie im Frühling der Saft in den Bäumen, und ein armes, dummes Mutterkind wehrlos ist gegen die Tücken und Fallstricke der Mannsbilder. Darum ist es hohe Zeit, daß du fest gemacht werdest gegen Mannesliebe, von der unsereinem nur Jammer und Elend kommt. Also wirst du mich heute nacht bei einer Ausfahrt begleiten, daß ich dich zu unserm Herrn und Meister führe, der Macht hat, dein Herz zu feien, daß es gegen die feurigen Blicke der jungen Galgenstricke hart wird wie Stein und Asbest. Dann wirst du sie alle nach deiner Liebe verschmachten sehen und helfen, deine alte Mutter an dem ruchlosen Männergeschlecht zu rächen, und wirst lachen, wenn die Mücken ins Licht taumeln und verbrannt zu Boden sinken.

Das Kind, das die Mutter sehr liebte und von anderer Liebe noch nichts wußte, hatte hiergegen nichts einzuwenden, ließ es auch willig geschehen, daß die Alte sie entkleidete, sie mit Hexensalbe bestrich, die die Kraft hat, Menschenglieder so leicht zu machen wie Vogelleiber, und den Hexensegen über sie sprach, der dem Mägdlein ein wenig schauerlich klang. Als sie dann aber so splitternackt, wie sie war, sich auf einen Besenstiel setzen sollte, weigerte sie sich heftig unter vielen Bitten und Tränen, so schamlos auf die Reise zu gehen, also daß die Mutter dareinwilligen mußte, daß sie wieder in ihr Hemdlein schlüpfte, während die Alte selbst, wie Gott sie geschaffen hatte, ihren Besen bestieg und der Tochter voran durch den Schornstein hinausfuhr.

Als Lilith, der das Abenteuer trotz heimlichen Grauens doch auch lustig erschien, ihr eben folgen wollte, hörte sie ihren Freund, den Hahn, der zum offenen Fenster hereingeflogen war, mit heiserer Stimme rufen: »Lilith, Lilith! Nimm mich mit, nimm mich mit!« - »Narr,« sagte das Mädchen, »was hast du auf dem Hexenbühel zu suchen? Sie werden dich wegjagen, da du nicht mit eingeladen bist. Aber auf deine Gefahr hin magst du mitreisen, wenn du dich artig betragen willst. Setz dich hinter mich auf den Besen und dann - hupla!«

So setzte sich der kluge und treue Alektryo hinter das Hexenkind, da ihm schwante, seine Freundin möchte in allerlei Not geraten, wo ihr ein verständiger Freund erwünscht wäre. Als sie dann die Alte einholten, die oben in der freien, dunklen Luft auf sie wartete, merkte diese nichts von dem blinden Passagier, den die wehenden Falten von Liliths Hemd ihrem Blick verbargen. Also sausten sie durch die Nacht, und Lilith fürchtete sich gar nicht, obwohl sie zum erstenmal diesen halsbrechenden Ritt machte, denn sie saß fester auf ihrem hölzernen Rößlein als manches Edelfräulein auf einem kostbar geschirrten Zeltet.

Auch flogen sie so geschwind, wie ein Raubvogel fliegt, und erreichten in kurzer Zeit ihr Ziel, einen kahlen Felshügel mitten im dichten Walde, der mehrere Stunden von ihrem Dorf entfernt lag. Schon von weitem hörten sie einen wüsten Lärm ihnen entgegenschallen, Singen und Lachen und gellendes Pfeifen, mit dem die Hexenzunft, die dort versammelt war, die Ankunft ihres Meisters begrüßte.

Als Mutter und Tochter sich in den schauerlichen Kreis hineinschwangen und von ihren Gäulen abstiegen, fiel dem jungen Neuling freilich das Herz in die Knie, und sie wünschte, sie hätte ihre Hütte nie verlassen. Denn um das hohe Feuer, das in der Mitte des Hügels brannte, saßen oder kauerten wohl ein halb Hundert junger und alter Weiber, alle ohne einen Fetzen Gewand an ihren Leibern, über die nur die langen, im Winde flatternden Haare herabhingen. Sie winkten der alten Marthe mit Augen und Händen Grüße zu, warfen aber gehässige Blicke auf ihr Kind, das in so unanständiger Tracht in die Gesellschaft eingeführt wurde, ja einige liefen auf die Mutter zu und machten ihr Vorwürfe, in einer seltsamen Sprache, die Lilith nicht verstand. Die Alte zuckte die Achseln und erwiderte etwas, was die Aufgebrachten beschwichtigte. Die meisten schienen auch nicht mehr bei nüchternen Sinnen zu sein. Denn über dem Feuer hing ein großer Kessel, in dem ein blutroter Wein dampfte. Von dem schöpfte eine nach der anderen und goß das glühende Getränk begierig hinunter, so daß man es rot durch die weißen Hälse fließen sah.

Auch die alte Marthe trank, Lilith aber stieß den Becher fort, den die Mutter ihr reichte. Ihre weitgeöffneten Augen waren wie gebannt auf den Meister des wilden Schwarms gerichtet, der ruhig mitten im Kreise stand und sich von einer nach der anderen die Hand küssen ließ, dabei aber über alle hinweg nur nach der neu eingeführten Novize hinblickte. Es war ein hoher, gebieterisch aussehender Mann, ganz schwarz gekleidet, bis auf die rote Feder, die auf seinem Barettlein schwankte, das Gesicht leichenfahl, von einem dünnen rötlichen Bart umrahmt, die Augen glühend und funkelnd, daß, wer hineinsah, die Blicke nicht wieder davon abwenden konnte. Auch er stürzte einen Becher des zischenden und schäumenden Weins hinunter. Dann umfaßte er eine der Hexen, die sich schmeichelnd an ihn drängten, und wirbelte sie in einem rasenden Tanz um den Flammenherd herum, griff dann eine andere und wieder eine andere, bis er mit jeder die Runde gemacht hatte, während zugleich die übrigen sich an den Schultern faßten und in einem weiten Ringelreihen, gottlose Tanzliedchen singend, das in der Mitte sich drehende Paar umschlangen.

Nur Lilith hatte man nicht in den Kreis gezogen, da sie ihres unschicklichen Anzuges wegen dieser Gemeinschaft nicht würdig schien. Das Kind hatte sich auf einen Stein niedergekauert, den Hahn in ihrem Schoß an ihren Busen drückend, und sah mit wachsendem Grauen und schwindenden Sinnen in den rasenden Reigen hinein.

Auf einmal stockte der lärmende Wirbel. Der Meister hatte die letzte Tänzerin fahren lassen und dreimal in die Hände geklatscht. Sofort wurde es totenstill im Kreise, man hörte nur das Sausen des Mitternachtwinds, der durch die Wipfel strich. Dann sah das entsetzte Mägdlein den düsteren Gewaltigen gerade auf sich zukommen, mit einem Grinsen der bleichen Lippen, das ihr das Blut in den Adern erstarren machte. Schon streckte er die haarigen schwarzen Arme nach ihr aus, sie zum Tanz aufzuziehen, die eine Hand näherte sich dem oberen Saum ihres Hemdes, um ihr die Hülle vom Leibe zu reißen, da fuhr sie mit glühenden Wangen in die Höhe und schrie in Todesangst: »Gelobt sei Jesus Christus!«

In demselben Augenblick krähte der Hahn, der aus ihrem Schoße aufgeflattert war, und flog dem Versucher unerschrocken ins Gesicht, als wolle er ihm die Augen auskrallen. Der Gottseibeiuns aber, der sich für einmal besiegt erkennen mußte, stieß eine schauerliche Lache aus, schleuderte das wütende Tier zurück, daß es gegen den Felsen taumelte, und fuhr, mit dem Huf den Boden stampfend, in die

Tiefe hinab, aus der eine hohe gelbe Flamme aufloderte, ringsum einen erstickenden Schwefeldampf verbreitend.

Als Lilith von dem Schrecken dieses jähen Auftritts zur Besinnung kam, war die gesamte Hexengesellschaft verschwunden, das Feuer in der Mitte zusammengesunken, niemand ringsum zu sehen als ihre Mutter und der Hahn, der mit zerzausten Federn und einigen Brandwunden kläglich herangehinkt kam.

Sie sollte aber nicht lange von der ausgestandenen Angst aufatmen, denn mit wild verzerrtem Gesicht fuhr die Mutter auf sie los: »Du albernes Ding, du tückische Kröte! Deiner Mutter die Schmach anzutun vor all ihren Freundinnen und dein Glück für ewige Zeiten zu verscherzen! Wie hast du wagen können, unseren Herrn und Meister zurückzustoßen, der es gut mit dir meinte und dich vor allen anderen, die dich beneideten, zu seiner Liebsten erkor? Wer aber einmal diese Gnade erfahren hat, der verlangt nie mehr nach Menschenliebe und hat ein Herz wie Stein und Asbest! Nun magst du's ebenso erfahren, wie deine Mutter, was Weiberschicksal ist, wenn man gegen die Liebe sich nicht hat feiern lassen. Ich ziehe meine Hand von dir ab und verwünsche die Stunde, wo ich einer so einfältigen Gans das Leben gegeben habe!«

Damit fing sie an, da sie sich immer mehr in die helle Wut hineingeredet hatte, den zarten, jungen Leib ihres Kindes mit dem Besenstiel zu bearbeiten und hätte sie wohl gar totgeschlagen, wenn Alektryo ihr nicht auf den Kopf geflogen wäre und sie an ihren grauen Haaren so lange zurückgezerrt hätte, bis sie von ihrer unmenschlichen Züchtigung abließ. Da bestieg sie schnaubend und keuchend den Besenstiel und sauste davon, ohne sich nach dem leise weinenden und wimmernden Kinde umzusehen.

Das raffte sich endlich mühsam vom Boden wieder auf, zog das Hemd fester um seine fröstelnden Glieder und trocknete sich mit den langen Haaren die nassen Wangen. Es schauderte ihr zwar jetzt vor dem Teufelsritt durch die Luft. Da aber der weite Weg auf bloßen Füßen durch die finsteren Wälder der armen Verlassenen noch unheimlicher erschien, griff sie doch wieder nach ihrem Besen, der Hahn hockte hinten auf, und so flog das betrübte Paar in hohem Bogen über die Wälder weg, dem heimatlichen Dorfe zu.

Das Mädchen hatte sich eines bösen Empfangs von

der Mutter versehen. Die aber lag, da sie dem Teufelswein gierig zugesprochen hatte, in tiefem Schlaf, und ihr Schnarchen klang wie das scharfe Kreischen einer Sägemühle. Auch am anderen Morgen gab sie der Tochter kein böses Wort, sah vielmehr über sie hin, als wäre sie nicht in der Welt für sie, und hielt es auch die nächsten Tage und Wochen nicht anders, so daß das arme Kind aufatmete und ihrem Freunde Alektryo zuraunte, sie hoffe nun für alle Zeit vor dem greulichen Hexenspuk der Mutter Ruhe zu haben.

Da indessen ihre zerschlagenen Glieder und der blutrünstige Hals wieder geheilt waren und sie, wie früher, im Sonnenschein vor ihrer Hütte saß, den Rocken schwingend und ein Liedchen auf den unschuldigen Lippen, kam eines Tages der Sohn des Königs mit seinem Jagdgefolge vorbeigeritten und hielt, wie vom Blitz getroffen, vor ihrer Schwelle an. Denn er glaubte, vom Glanz ihres goldroten Haars geblendet, ein Märchenwesen zu erblicken, dergleichen ihm in seinem jungen Leben noch nie begegnet war.

Das Mädchen aber, das die Augen des schönen Prinzen voll Bewunderung auf ihre blanke Schulter und den blühenden Hals gerichtet sah, erschrak, daß sie sich in ihrem armen Hausröckchen hatte überraschen lassen, erglühte bis an die Schläfen und schoß wie ein Pfeil ins Haus, dessen Tür sie mit klopfendem Herzen verriegelte. Zum Glück war der Königssohn selbst zu sehr bestürzt durch die wundersame Erscheinung, um sogleich vom Pferd zu steigen und der Entflohenen nachzuspüren.

Als er aber am nächsten Tag wiederkam, diesmal nur von einem Jägerburschen begleitet, fing er es klüger an. Auch saß das schöne Kind in einem reputierlicheren Gewande mit sorgfältig aufgestecktem Haar auf seinem Schemelchen, errötete freilich wieder, dachte aber nicht daran, vor dem ritterlichen Besucher auch heut die Flucht zu ergreifen. Teils, weil ihr eigenes Herz sie zu ihm hinzog, teils, weil die Mutter ihr zugeredet hatte, sich gegen den hohen jungen Herrn artig zu betragen. Denn eine wilde Freude brannte in ihrem tückischen Herzen auf, wenn sie dachte, ihr Kind könne den Thronerben ins Netz locken, und das Land müsse sich noch darein ergeben, der Tochter der verachteten Hexe als seiner Königin zu huldigen.

Sie war daher auch wieder freundlich zu ihr, gab ihr gute Lehren, wie sie sich höflich ausdrücken müsse und durch kluge Zurückhaltung den feurigen Bewerber nur mehr in Flammen setzen, und half sie aufs beste herausputzen. Lilith aber hatte in ihrem Herzchen keinen Raum für ehrgeizige Wünsche und Träume, sondern dachte nur immer das eine, wie schön er sei und wie beseligend sein Gruß, und daß es schon eine hohe Wonne sei, ihn lieben zu dürfen, auch wenn sie niemals hoffen dürfe, daß er sie aus ihrer Niedrigkeit zu sich hinaufhöbe.

Daß dies unmöglich wäre, fiel dem guten Prinzen nicht ein. Er wußte, eines Tages werde er ans Regiment gelangen und dann niemand zu fragen haben, was er tun und lassen solle. Einstweilen mußte er sich freilich damit begnügen, Tag für Tag von der Stadt herüber ins Dorf zu reiten, um ein Stündlein mit der holden Geliebten zu plaudern. Da es seine erste Liebe war, stellte er sich ziemlich ungeschickt und schüchtern dabei an und wagte nichts Kühneres, als beim Kommen und Gehen ihr Händlein zu küssen, da sie ihm die roten Lippen nicht versagt haben würde. Auch versuchte er nie, in ihr Haus zu treten, um die zärtliche Zwiesprache drinnen unbelauscht und zwangloser fortzusetzen. Denn er wußte wohl, daß ihre Mutter ein verrufenes Weib war, mit dem er keine Gemeinschaft haben mochte.

Nun aber konnte es nicht fehlen, daß alle Dirnen im Dorf das glückliche Hexenkind um die Ehre beneideten, den Sohn des Königs zu ihrem erklärten Liebhaber gewonnen zu haben. Auch die jungen Burschen gerieten in einen eifersüchtigen Grimm und Groll und machten ihrem Herzen in heftigen Reden Luft, die endlich auch zu den Ohren der königlichen Eltern gelangten.

Eines schönen Tages erwartete Lilith ihren hohen Freund vergebens. Statt seiner kam eine junge Nachbarin zu ihr, um ihr mit hämischem Bedauern zu erzählen, der Prinz sei in seinem Zimmer eingeschlossen worden, und der Leibarzt habe ihn ausgiebig zur Ader gelassen, um ihm das Liebesfieber aus dem Blut zu treiben.

Das arme verliebte Kind erschrak heftig, stellte sich aber, als ob sie die zärtliche Huldigung des jungen Herrn nie ernst genommen hätte, und erst als sie wieder allein war, weinte sie ihre bitterlichen Tränen, da sie wohl fühlte, diese Liebe werde erst mit ihrem Leben enden, weil sie selbst der tiefste Quell ihres Lebens war. Ihre Mutter konnte sich's nicht versagen, zu höhnen: da sehe sie nun, wie töricht es gewesen sei, daß sie ihr Herz von dem Fürsten der Hölle nicht habe wollen verhärten lassen. Nun müsse sie diese Qualen dulden. - Heimlich aber war sie des festen Vertrauens, es werde noch alles nach den Wünschen des jungen Paares ausgehen, zumal der König schon ein alter Herr war, der bald Krone und Zepter seinem Sohn vererben würde.

Hieran aber dachte das Mädchen nicht, dem immer nur das Bild des gefangenen Geliebten vor Augen stand, wie er in seinem goldenen Kerker sein Blut lassen mußte, um das Liebchen, das man ihm nicht gönnen wollte, zu vergessen. Sie brachte ihre Tage in dumpfer Traurigkeit hin und weinte nachts ihr Kissen nass, so daß selbst die Mutter Mitleid mit ihr fühlte, es sich aber nicht merken ließ, um sie endlich mürbe zu machen, daß sie bei dem nächsten Hexensabbat sich nicht wieder so zimperlich betrüge.

Bei ihrem Freund, dem Hahn, fand die Tochter auch keinen Trost. Er erklärte ihr, daß er eine so heftige Leidenschaft für ein Geschöpf nicht verstehe. Er selbst liebe zwar alle seine Hennen. Wenn aber eine von ihnen geschlachtet werde, weine er ihr keine Träne nach, da dies Hennenlos sei. Wenn ihr Prinz ihr versagt würde, so gebe es andere hübsche Freier genug, von denen sie endlich einen wählen solle. Um glücklich zu sein, bedürfe es keines Thrones. Er sei mit dem Düngerhaufen hinter der Hütte vollauf zufrieden.

Sie zermarterte sich das einsame Herz mit ratlosen Gedanken, wie dem Liebsten zu helfen wäre, und da sie von ihrer Mutter einige Kenntnis der Kräuter und Wurzeln erhalten hatte, die Fieber zu stillen und Wunden zu heilen kräftig sind, ging sie eines Abends in den Wald, um die Pflanzen zu pflücken, die ihr zur Wiederherstellung des Prinzen nötig schienen.

Als sie zurückkehrte, fand sie zu ihrem Schrecken die Hütte leer. Alektryo berichtete ihr, es seien Männer aus der Stadt gekommen, die ihre Mutter fortgeführt hätten, da sie angeklagt worden sei, durch ihre Teufelskunst den Thronerben behext zu haben, aus Rache, weil er ihrer Tochter das Herz bedrückt und den Kopf verdreht habe. Der Prinz aber befinde sich in einem kläglichen Zustand, und die Ärzte fürchteten, er werde keine drei Tage mehr leben.

Als Lilith dies hörte, warf sie das Körbchen mit den Heilkräutern weg und ging mit einem feierlich-ernsten Gesicht nach der Truhe, in der die Mutter das mancherlei

Gerät aufbewahrte, dessen sie sich zum Hexen bediente. Sie nahm aber nichts heraus als das Büchschen, in welchem sich die Hexensalbe befand. »Alektryo«, sagte sie, und ihr Gesicht war totenblaß geworden, »nun hilft es nichts, nun muß ich doch selbst zu dem gottlosen Mittel greifen, ob auch meine Seele dadurch verlorenginge. Denn hier hilft kein Tränkchen und Wundbalsam, hier muß ich selbst mich als Heilmittel an das kranke Herz legen, da ich weiß, daß es sonst nicht genesen kann. Zudem wird meine Mutter nicht eher wieder freigegeben werden, als bis der Prinz von seinem Siechtum geheilt und vom Tode errettet ist. Gott im Himmel wird mir verzeihen, daß ich Teufelswerk treibe aus brennender Liebe und Barmherzigkeit, denn die Qualen unglücklicher Liebe sind heißer als alle Höllenflammen.«

Unter diesen Worten hatte sie schon begonnen, sich auszukleiden, bestrich sich sorgfältig vom Kopf bis zu den Füßen mit der Hexensalbe, schlüpfte dann aber doch wieder in ihr Hemd und sprach den Hexensegen über sich, den sie noch gut im Gedächtnis behalten hatte. Dann griff sie nach dem Besenstiel und schwang sich auf den Herd. »Willst du mich nicht wieder mitnehmen?« fragte der

Hahn. - »Nein«, sagte sie, »du bleibst hier, du verstehst nichts von Liebessachen. Hüte indessen das Haus!«

So fuhr sie zum Schornstein hinaus und schlug den luftigen Weg nach der Stadt ein, in der das Königsschloß lag. Der Mond stand im goldensten Glanz am veilchenblauen Himmel, und die Leute drunten auf der Erde, als sie zu ihm aufschauten, wunderten sich, da sie die weiße Gestalt darunter hinschießen sahen wie ein sturmgejagtes Wölkchen, da doch ringsum an den Bäumen kein Laub sich rührte. Sie kam ihnen aber bald aus den Augen, flog über die Wipfel der hundertjährigen Ulmen weg, die das Schloß umstanden, und schwebte zu dem Lichtschein hinauf, der aus einem Fenster des obersten Geschosses drang. Denn sie hatte gehört, man habe den kranken Prinzen dorthin gebettet, damit er nicht auf Flucht denken könnte.

Als sie nun das helle Fenster erreicht hatte, klammerte sie sich mit beiden Händen am Gesimse fest und spähte hinein. Da sah sie nur den Schattenriß vom Gesicht ihres Geliebten, den sein Nachtlämpchen an die Wand geworfen hatte, und das Herz wollte ihr brechen, da der Umriß so viel hagerer erschien als vor seinem Erkranken, und jetzt *auch das Antlitz selbst, das er, im Fiebertraum sich herumwerfend, nach ihrer Seite kehrte, so daß der Mondschein es erhellen konnte. Mit zitternden Händen versuchte sie das geschlossene Fenster zu öffnen. Komme, was kommen wolle, sie mußte hinein, und da der Kranke ihr Pochen nicht hörte, war sie drauf und dran, eines der Gläser einzustoßen, um sich ins Zimmer zu schwingen.*

In diesem Augenblick gewahrte sie der Wächter, der hinter den Turmzinnen auf und ab schritt und bis an den lichten Morgen weit ins Land hineinspähte, ob nichts Feindliches sich heranschleiche. Er erkannte sofort, daß es nur eine Hexe sein konnte, die an dem Fenstersims hing, und da er wußte, daß die Marthe freilich gefangen saß, eine Hexe jedoch sich durch die kleinste Luke ins Freie schwingen kann, glaubte er nicht anders, als es sei die verruchte Alte, die dem Königskind das Leben rauben wolle. In seinem Schrecken griff er nicht nach seinem Horn, Hilfe herbeizurufen, sondern nach der Reliquie, die er an einer ledernen Schnur am Halse trug, einem Fingerknöchlein des heiligen Florian, das gegen Feuersgefahr schützen sollte. Hastig riß er sich die kleine silberne Kapsel vom Halse und schleu-

derte sie gegen das weiße Gespenst, so gut gezielt, daß die Schnur der Schwebenden über den Kopf und die Kapsel zwischen ihre jungen Brüste hinabglitt.

Im Augenblick war durch die Berührung des heiligen Kleinods der Hexenzauber gebrochen. Der Besenstiel verlor seine Kraft, die Hände des armen Kindes lösten sich von dem Fensterrand, und der junge Leib stürzte haltlos aus der schwindelnden Höhe hinab und zerschmetterte unten auf den glatten Steinen, mit denen der Sockel des Königsschlosses umgeben war.

Am andern Morgen wurde die alte Marthe aus ihrem Kerker auf den Platz vor dem Schloß geführt, wo ein mächtiger Holzstoß aufgeschichtet war. Oben darauf hatte man bereits das arme Häufchen weißer Glieder in dem dürftigen Hemde niedergelegt, das man am Morgen unter dem Fenster des kranken Königssohnes aufgelesen hatte.

Als die Mutter, gleichfalls barfuß und nur mit dem Armsünderhemde bekleidet, den Scheiterhaufen erklommen hatte und die armen Reste ihres vordem so holdseligen Kindes gewahrte, lachte sie grimmig auf und stieß greuliche

Verwünschungen aus, während sie an den Pfahl gebunden wurde. Gleich danach loderten die Flammen ringsumher auf und schlugen über ihrem grauen Haupt zusammen.

Dann aber geschah etwas Wundersames: Als der Brand sich ausgetobt hatte und die Lohe einsank, sah man eine schwarze Krähe sich aus der Glut emporschwingen, die mit einem Krächzen, ähnlich einer teuflischen Lache, hoch in die Luft flatterte und dann in der Richtung nach dem Hexenbühel verschwand. Dicht hinter ihr flog eine weiße Taube aus dem Scheiterhaufen hervor, die wandte sich aber nach dem Balkon des Schlosses, auf dem der Prinz zwischen seinen hohen Eltern dem grausigen Schauspiel zuschauen mußte. Sie flog ihm auf die linke Schulter, schlug ein paarmal mit den Flügeln und erhob sich dann, mit ihrem rosigen Schnabel seinen Mund zu berühren, ehe sie sich von ihm trennte und gleichfalls in weiter Ferne verschwand.

Der Prinz aber, laut den Namen Lilith rufend, fiel jählings um, und alle Bemühungen seiner tieferschrockenen Eltern und der erfahrensten Ärzte waren nicht imstande, ihn ins Leben zurückzurufen.

Melissa Bónya

Die schlanke Hexenküche

128 S., brosch. ISBN 3-934254-21-7

Pfunde einfach wegzaubern. Wohlgefühlgewicht ohne Jojo-Effekt - mit den Geheimnissen der Natur, so wie es die Kräuterfrauen bereits seit langem praktiziert haben. Altes Wissen, die schlanke Hexenküche, wiederentdeckt von Melissa Bónya, mit Kräutern, Wurzeln, Steinen, Ritualen, Visualisierungen und Meditationen - und mit Hilfe des Mondes.

Ein Buch, das ganz besonders Frauen anspricht, und sie ihr altes Wissen, das sie seit Jahrhunderten in sich tragen, wiederentdecken läßt. Schlank durch Magie. Leben und sich wohlfühlen - im Einklang mit der Natur.

Melissa Bónya

Schönheit aus der Hexenküche

124 S., brosch., ISBN 3-934254-25-X

"Be-zaubernd schön von Kopf bis Fuß!" - welches weibliche Wesen hört solch ein Kompliment nicht gern?!

Träumen auch Sie davon, sich wieder im eigenen Körper wohlzufühlen, im Einklang mit der Natur zu sein, und eine magische Ausstrahlung zu gewinnen?

Nur zu! Lassen Sie sich von Melissa Bónyas magischen Schönheitstips inspirieren - einer Mischung aus dem alten Wissen der Kräuterfrauen und den heutigen Erkenntnissen über Schönheit, Haut und alles, was damit zusammenhängt - und Ihr Traum wird Wirklichkeit werden!

Mit zahlreichen Rezepten und den "Sieben magischen Tips gegen Zellulitis".

Alte Elfenmärchen

Gepflückt und zu einem Strauß gebunden von Marina Grünewald
64 S., geb. ISBN 3-926374-93-4

"Aus alten Märchen winkt es hervor mit weißer Hand, da singt es und da klingt es von einem Zauberland ..." Heinrich Heine
Ein Wunderschöner Strauß alter Elfenmärchen mit literarischen Blüten so bekannter Autoren wie Heinrich Heine, Theodor Storm; Hans Christian Andersen, Felix Dahn u.a.
"Lebet wohl, ihr lichten Heiden, brauner Acker, grüner Hain, lebet wohl, wir müssen scheiden, Mondenglanz und Sternenschein..."

Alte Feenmärchen

Gepflückt und zu einem Straufl gebunden von Marina Grünewald
64 S., geb. ISBN 3-934254-10-1

„Komm hinweg, o Menschenkind! In die Wälder, in den Wind, Hand in Hand mit einer Fee, Denn die Welt ist, ahnst du's auch nicht, voller Tränen, voller Weh." W.B. Yeats

Ein literarischer Reigen alter Feenmärchen, in Szene gesetzt u.a. von Ernst Ritter von Dombrowski, Charles Perrault, Friedrich Schwed, George Sand -
Geschichten aus der Anderswelt von dem Kleinen Volk, in denen, wie könnte es anders sein, immer noch das Gute und die Wahrheit siegen. Vielleicht ist das ja auch der Grund, warum Märchen wie diese heutzutage wieder Hochkonjunktur haben.

Der Stein der Weisen

gesucht und gefunden von
Christoph Martin Wieland

„So haben wir unser Wort gehalten, und ihr habt in dieser Wildnis den Stein der Weisen gefunden!"
So endet Wielands schönstes Feenmärchen über Habgier und Bescheidenheit, über Raffgier, Ruhmsucht und wahres Glück. Eine echte Wiederentdeckung aus der Schatzgruhe der magischen Feenmärchen.

ISBN 3-926374-66-7

Novalis

Blaue Blume & Karfunkelstein - erträumte Märchen -

„Nach Innen geht der geheimnisvolle Weg. In uns, oder nirgends, ist die Ewigkeiten mit ihren Welten, die Vergangeheit und Zukunft." Novalis

Die Wiederentdeckung einiger der schönsten Märchen der Romantik.

ISBN 3-926374-77-2